落日の駅、水際で呼ぶ人

板垣憲司

思潮社

落日の駅、水際で呼ぶ人

板垣憲司

思潮社

石を超える旋律が仮象のゆらめく空へ転位する
悲しみを留めて　羽化する僕の詩の微かな浮上よ
遠い日の波は淡く水の、遍歴が僕の胸を圧してくる
といかければ記憶のなかになしみを回覧して今日も
無援の波がうねる陽に変奏された海原を見る波の前を、
水鳥が渡る
　風が通る

少年の頬に汽笛が鳴る
鷗の胸が膨らんだら
流謫の潮が、揺れて
以前の響きを加え
まだ
拡がる残照に
海の羽を開く

2013—2016

目次

装幀＝思潮社装幀室

落日の駅、水際で呼ぶ人

旅情

胡桃を叩く翡翠の旅情
やみくもに片鱗を遺す
冬至（葉あかりに至ると
内訌の砂の運びまで
　　　仄かになる
メサイアの歌声から遡り
通り過ぎる時も

忘却の翳りは消えかかって
　思い出せば、私にとって
知らない森の奥に溶ける
あなたには
もう、
会えない気がする

波動

息を通わせる皮膜が　　光のなかをうねる
うねる　星の岬　の　あの木が、　ゆれる
映写幕《エクラン》が煙る　とおい国の涸れた砂場に　木
が燃えてそこに流れる沢があるなら宙の川だ
　思い起こすと、千々に乱れる銀の〝尾〟を
牽く　窓の光が光の中を走る　回廊を、なお
立ち戻る波の　叙述の光にてらされてゆれる

星の並木路は、　この　文脈の中にゆれる
僕の経験のない魂が、　僕の不在をうたう
〝榴輝岩を抱く　内部、の隘路に藍が咲く〟
　盗ッ人が　しめやかに星間を渡ると光り、
深く　石基は削がれ、波動が、　被さった
蹄ノ流レめを戻る、ここに、集めて堪える

夏の秤

旋律のように潤して
夏は遅延の喉をはかる
置き換えられたあとに、
また水を注ぎ
湖面に過ぎるから溢れる
愛に過敏に応えていった
それらは

やはり　まわりからも
多くが石ノ像近く思え
孕んだ赤い波を被った
滾り立つものが鋭く
それが、白く
何も告げずに
罪を量り
静かに、
もとの位置に戻る

落日の駅、水際で呼ぶ人

完熟して越えるうねりの中で露光する
光を開けないで水のページに呼び起こす
蒼穹の脈を劃《かぎ》って、
　あらわれてくるから波が動き始めた
漂流する島で（去った人は、そこに立つ）
忍耐する波が
　観念を染めて、夕陽が逆光に堕ちる

「あなたが一冊に
心を籠めて用意しておいてくれたおかげで
一瞬
の限りなく届くものが役立つのだと解る」
生き返すときもあったが、

そんなふうに泥石の上をうすく流れ
この水底（初めに戻る、終わりの）
死の翳りに照らされる
わたしはわたしの全力の
命の火を携えている
氷結する糸を決然と引く

飛ぶ鳥（化身）は
きょうを求める「あなたがもういないのだと

知る」
落日に映える
行きずりの鳥たちの悲しい鳴声が驚く
差し出されたからだが白くきらめいて与え
果実の袋をやぶる風であるように
石
島
鳥、
は生きる
空の駅
汲み上げるいのちの間の、　白いホーム
黙秘の港に花咲く
濡れた石と木と星
が全身で光りに任すようだ

炬火につなげると　土塊に転倒して続　ける
　水音を恋しがる子が松の近くにいた
水鳥は前提なしに言い切らないで凪ははじめ
　から終わっていない

鏡の上に血が「浮かびあがる全集は、まだ
　わたしの泥濘を　移動していくのだ」
人びとの骨は撓むように凪に現われ開かれる
　　　　　　　　　　　　　　　空の港
結ばれてくるものが何処からともなく浮かぶ
寡黙な人が揃って
　　夕陽は逆さに映り込み
寡黙なうねりの中で露わになった
波が、約束の言葉で顕れる

灝気《コウキ》を、ゆする仮構の死の
漂う
島嶼、

水際でひらく水のページに蘇る水脈を劃って
あらわになって
くる
胸衝かれる思いを数えた
記憶を枝で支える悲鳴が、
油の中で滾り立つ頃
「血の　枝鳴りしてまざまざとよみがえって
いる　水辺近くを行く

緑が一瞬
溶けて波が、終わる」

夕暮が、　もっと、動く

言葉はまだ、だ　いまは、
終止符を（去った人々に打たず待っていろ）

露光する船をひらかないまま
　微かに瞼の、　陽を葬《おく》る

　　　　　落日の、

窓を　　枝先で支える硝子も夕陽に割れた
数えたら　　触れる手まで痕跡の茎を涵す

吊るされた、ざわめきに　結ばれて　もっと
高く　西風の喉を移動する悲鳴が、油の中
で滾る　水辺近くを行く血の枝鳴りして
まざまざとよみがえって鳴りやまない

鳥たちが詳らかに海洋をまとめるために
海嘯を引き戻そうとしているのだろうか
いま
廃滅して、微かに揺れて送電を遮る冬から
不意に纏わり降りてくると緑が一瞬に解ける
母へ
泡！

水を　渡る
水の祈り　いま、

『落日の駅、水際で呼ぶ人』に寄せて

故郷の寂寥

中本道代

投稿されてくる板垣憲司さんの詩を一年間に渡って読んだ。その後一年余りが過ぎたが、そのあいだずっと、板垣さんの故郷だという高知県の沖の島、行ったことのないその離島をとりまく海が、日常を生きる意識の果てでうねり続けているのを感じていた。

沖の島を地図で見ると、高知県の西の端にあって、四国と九州のあいだを流れる豊後水道の南に突き出している。私には島に憧れる気持ちがある。島に一歩足を踏み入れると、そこは別世界なのではないか。内陸でのしがらみも抑制からも切り離されて、自由なものになって存在できるのではないかという錯覚。そして、島には何か人に知られない神秘なものが隠されているのではないかという魅惑。

けれどそれは外から島を訪れるものの儚い幻想に過ぎないだろう。島に住む人やものにとってはどうなのだろうか。そこに残り続けるということ、そこから出ていけないということは。くる日もくる日も海に沈む圧倒的な夕日を見送り、夜を迎えるしかなかったとしたら。

板垣さんの作品を読んだ後では、九州と四国の間にあって太平洋に面しているという島の位置も、どこか寂しいものに思える。その位置は、高知県に繋がり四国に繋がり、最後はにぎやかな現代日本の中央部分に繋がっていくというより、それらには背を向けて、人間的なものの何もない茫洋とうねり続ける海と、果てのない空と、風や星々とに顔を向けているように思われる。自分が動かない位置にあって、人間を越える大きな世界に向き合い続けていることを想像すると戦慄を覚える。

板垣さんは島で生まれ育ち、島を出て生きた。島から離れていても、島に残されているものの寂寥が心を浸し続けているのではないか。人ではなく、もっと長い命を持ち、変わらぬものたちのもつ寂寥。波、天空、風、石、木や草など。

板垣さんの詩の方法は、表面の下に何層もの層が重なりあってそれぞれに絶えず動いていて、そのため何か静止的な像を捉えたという瞬間がなく、切れ切れの残像が揺れ動いて残されるという印象を与える。けれどその残像はいつまでも心に残り、鮮やかに蘇ってくる力を持っている。

あるアンケートに答えて板垣さんは「途上に伝わる言葉、その響き、しなやかな残映、それらを包む水のゆらぎ、梢の風の交信……、それぞれの生の身振りに感動する。その波が、胸に迫る、忘却がある。」と書いている。書きあらわしたいものを、それらの「生の身振り」自体を方法として、蘇らせようとしているのだ。ここに於いて、「島」とは「詩」そのもののことだ。「島」と「詩」が合わせ鏡のようにお互いを映しあって、眩暈を引き起こす。

光は、詩を、直通している　いや、ぼくの詩
　が、光の中を（なぜこんなに絶海の波は
　うねるのか）色彩を放ち　影を開き、
岬へ　　（「島の椿に」）

私は先ほど「島には人に知られない神秘なものが隠されているのではないか」と書いたが、これらの詩篇にはそれが何か書き込まれていると思う。訪問者の幻想とは異なるそれは、島の見えない中心に秘匿されている「血」というものではないだろうか。島に生まれ、生きたものだけに関わりのある「血」、それだけが、それこそが秘められた尊いものではないか。「夕陽は、こんなに赤く血の中に／　少しずつ、沈んでいく」（「追憶」）。その血は「去った人々」の血、その中に「母」という言葉が浮かび上がる。「（　ああ、あなたは／　もうここにはいないのですね）」。

そんなふうに泥石の上をうすく流れ
この水底（初めに戻る、終わりの）
死の翳りに照らされる
わたしはわたしの全力の
命の火を携えている　　（「落日の駅、水際で呼ぶ人」）

故郷とはそこで生が始まった場所、つまり生以前の死の世界、黄泉の世界でもある。生と死の重なりあう場所がもっている、永遠性に繋がることの悲しみ、寂しさが、板垣さんと島のあいだ、詩と島のあいだ、詩を読む者と島のあいだにそれぞれ遥かな距離をつくってざわめき続けている。

濡れた　油膜のように煙る竹の傍で
誰かに出会えるような気がしている　（「葛雨」）

詩とは、誰かに出会うこと。それだから、遥かな距離はざわめき、うねるのだ。

海辺の椅子に座って、すこし詩の話をしませんか

中尾太一

何度もため息をつきそうになった。この極めて修辞的に込み入った詩集を読むことによる、大方の他の詩によってはあまり得られることのできない疲労がその理由であったのとはまた別に、この詩集が「教えてくれること」について、ふと原稿から目を離して思うことが多くあったからだ。もちろん、「教えてくれる」と言っても、たとえば「野の向こう、駆け抜ける鹿」の中の一行、「(私は、「故郷《クニ》」の眼の淵で泳いでいた」といった暗喩、あるいはその精確さが、詩をうまく書きたいと思っている人たちにとって教示の声を持っている、というような意味では（そのようにも機能するのだろうが）ぜんぜんない。この一冊にあるのは「教える＝学ぶ」の関係によって成立する年長者と年少者の「学び舎」なのではなく、「教える（独白する）＝聞く」といった静かな一シーンを、海岸線のように永く引き伸ばしている「時間の部屋」なのだ。そのように仮構された場において、著者の感情、精神、もっと言えば魂が言葉の形へと移行する際に越えた（海岸）線を、ずっと見ていたように思い出す。比喩を使って言えば、ここに読むことが出来る著者の記憶の、観念の地形によってその両岸を圧される呼吸器のように細い川を駆け抜けていく（たとえば）「母狐」（「黄昏」）の、流れ星のような残身を、僕はきっと見ていた。著者もまた、言葉の方法と魂の、ずっと以前から続いてきた海のような謎と不思議の前で、僕が見たものと同じ幻影を眺め、それらに遠く話しかけていたのではないかと思う。改めて言うが、この詩集は「教えてくれる」。言葉としての「板垣憲司」がどこからやって来て、どのように生きて、今どこにいるのか、そして自身の命が何を求めているのか、そっと、赤の他人に（しかし彼らに「信頼」を課しながら）「教えてくれる」。「老いを塞ぐ抒情が／風に震えている」と詩篇「星の浜」はつぶやく、と同時に作品「島の椿に」が「振り切ってみるとぽたり　、と白く浮かんで死は、一瞬止まる」と独りごつ。そして今作者自身が生きている、「悪く生きている者」にとっては無縁の、辺鄙でもある時間の中について、自分たちは少しだけ知ること（記憶すること）になる。先ほどの「老いを塞ぐ抒情が……」という詩行と、巻頭詩の「少年の類に汽笛が鳴る」（その前のパートを含めて）との呼応もまた同じことを自分たちに知らせる。足早に言えば、「少年」は、「老いを塞ぐ抒情」として、この書物を貫通

してきた。つまりこの詩集の言葉は（「母」を懐胎した）「故郷」を生きたのではなく、「時間」を生きていた。われわれの言葉や像は、割れて散乱した鏡のかけら一片一片であり、「私」はそれら無数の破片の間を行き交う光の乱反射のようなものであり、そしてたんにそれだけのものであり、つまり「私」は初めから言葉や像の間で運動する、「たんにそれだけのもの」で在り続けているのだから、言葉を覚え始めたころや像を持ち始めたころの「私」と変わっていない。だから「私」の魂のものである「母」も、「土」も、「島」も、「川」も、「水」も、「風」も、「鳥」も、すでに終えられてはいるが、それぞれの「終了」において、「私」とは遠く離れながら、何も変わっていない。「昔は、」という仮定はいらない。「昔」という時間を生きた者はいない。「昔の宇宙」という言葉がきっと成立しないのと同じ仕組みで、「昔の川」という言葉も存在しない。「昔の川」として終了する川はない。だが、言葉や像の間で乱反射する「私」には「昔のあなた」や「昔の川」が、どうしようもなく見える。そのとき、「そこであなたはどうするか」、ではなく「そこであなたはどう書くか」、という意識や方法、あるいは効果の問題を孕んだ選択の局面が紙の上、モニターの画面上に可視化される。選択如何では「生きた」とも「生きなかった」とも言えるその空間で、書き手が前へと動き出す際に生じる強い風は吹いただろうか。たとえば先ほど挙げた一行「（私は、故郷《クニ》の眼の淵で泳いでいた」について、その後半を「泳いでみる」と書き始めることは、良し悪しとは別に、可能だったのではないだろうか。言葉の不思議が水平線の上に霞んで見える。悲しみに包まれることで出力可能な言葉と、ゆえに閉じていく別の言葉の回廊、つまり「先の時間」という観念の前で、板垣憲司という「言葉の人」は、学生時代にすでに獲得していた詩の方法、あるいはその複雑な磁場でずっと燃え続けていた炎を確かめるようにして再び獲得した「詩」を、どう使おうとして、どう使っていたか。僕の体の中に落ちていく多くのものがあった。

最後に蛇足だとは言い切れない個人的なことを。この短い文章中、詩集における、記憶を有する主体の実在に対して使った過去形を省みてみるのだが、僕自身の、特定の年代に出生の時刻を持つ人たちへの思いから、彼らへの、自分の偽らざる親しみの感情を介在させた表現にしておきたかっただけで、多少の葛藤はあったものの、著者の個人的な生の時間への言及意図はなかったことを言っておきたい。

かけがえのない
風の痛みが陽の湖水に深く知の錘を沈める
　　　　　　　　　　　　　　　　風が割れた
いま、　　（去った人々は、待っている）
数えたら空を覆う夕焼け硝子も割れて到達す
　　　　　　る時刻（　ああ、あなたは
　　　　　もうここにはいないのですね）
ふ、

死が、担う「いま、

忘却に怯える傍で以前濡れていた墳墓の、
　　失われた存在ゆえに重みのある

言葉の〝炎〟を胸に抱く」わたしは
それでも遠い離島の水際で、呼ぶ

ひとりの
風の呼び声を聴こうとする

海峡

匙から毀れる叙事のように
波間の錨、の実存——を慕う
花や鉈、仮寓を覆う類の鰭が、
少し円みを残しているようだ
桃色を置く
冒頭で伸びた匂い
鏡面に、緑の響きを

灰の鱗粉を　移した
　それを捉える波に
捲きあげる枇榔島の
そこから暁のように、
枇榔島の精確な美だ
狂気は鼻先に濡れて、
ほめく主題を匿って
君は海峡を越える

応答

言葉を越えていくと無言で
忘却と呪詛は赤く散っている
黄昏には漣が慎ましく昏睡する
草、黒く／夕陽が、届くように
慙愧の楕円を成す、海は蹲まる
梢のランプを灯して渚を駆ける
観葉の時計の針が、風に動くと

秒を／手繰り寄せて畝に涵した
標高の高さから何かが落ちて、
妣の国を遠望するから着順に
よく整えて並び、堪えていた
涙が溜まる瞬間から破られる
これからだと識って、彼も
懐かしい火影に応答した
朧桜の下を遍路が歩く
倦怠の颪を吹き上げて、
ごらん遠望する星の港だ）
まとめるから絶えず変奏して
嬉しい知らせを願う星の宿）
一瞬は瞬間に決まる身振り
颪がしずかに入ってくる

離島の合図

夕陽の印字が嘆きに掠れていく
冬

眼は青く　海の、象られた渦
　　　　　　　　　横顔のように
やがて　崩れ　壊れ、視野をひらく

かすかな、　（望郷　の静脈を
　鎮める潮目で、玻璃の林を、抜ける）

沖に　刎頸の漁火（うすら寒い波）から
　　　白く濁る表面へ　離れて
　　そこを、終の棲家の鳥が透きとほる

夕凪の鬢の模様の天蓋はゆっくり黒く退き廻
る
烏賊の残映が薔薇の花びらが、石像の上にひ
らいたのだ

楕円に渇くまるで、青い眼、が垂れて射す
残照の凪か、鐘か　風か　琴か、音が割れる

硝子（母胎）の仄ぐらい虚空へ　水の塔から
波の　中へ堕ちて、鳥も回想の化石の魚も妹
背山　から沈む／二並び島　あ姫島／三ノ瀬
お／緑に傾くミズシマ・檳榔島／珊瑚樹色の
海たちも　陽に溶けて澱む　石垣を掠めて厳
しい日暮れにみんな淋しい団欒　の翳に濃く
な　る
静脈ヲ　しずメる潮目デ、シズカニウネリ死
ガ、シズカニ、玻璃ノ　林ヲ抜ケ出ル螺旋ノ
密ヤカナル　懇願ノ匂イノスル暮シ鰤ニ生キ
死ニ
スル……

言葉の　映像と交わらない、影がある

そのままにからだを少し紫に浮かしてみる
懸命に　寄り添い集めた風が石に吹くと渇く
通る時、　校門は花崗岩の影で感触は波の斑
点で、ごつごつしてざらざらして膝を立てて
も
動く波が　ゆっくり　波を繰り越すからきっ
　と旋回して

だから
　夕陽は波目ごとに分割して、確保された
鳥たちは、それぞれの脳髄を悲しみに溶かす

新しく置きかわる
存在の波を鮮やかな
仕方で折り、

滴りおちる
　と、僕たちは寡黙な
背の低い人の　母系の船を浜に引きあげる
　　鳥は　巣へ　海辺の黒い実を啄んで
　　　　　　　　　　いた……
――離島の　船底の音は、　落日を切る
闇にしずんで　岸壁にひたひた波の、音
会釈する　夕陽が光度を、静かに、しぼる
滾る嘆きに掠れて
　　風が、

滲む（　波の、
　　　　　詩が　　光を超える……）

やはり夜へ

沖で　風が、哭いて　闇が、
　　　　　昏く　　動こうとする時

風

舌の光が霧にのまれていく
波が、生まれては消えるから
波に運ばれて眼差しは深く
僕を胎内に宿しゆらした
その日の風がいま吹く

*

踊る波

触れる前から階を低く関係づけた
空洞の一画をかすかにきらめかせる
互いに言葉をつづけて　もう一度だけ
呼び掛ける人の寂しい声をそっと包む
橋の上の
君の言葉

小さな波が　湖岸の陽を携え
呼び掛けると喉元から、跳ねた
風の表情が透きとおる踊り子の
影を圧す
　その動きを想像する

母島

橙の構想がありありと浮かんできた
実の
母島《モシマ》
どこをどのように直そうとも）問え、
一つの岬としてそれは現れてくる
　だから　このままでいいのだ
ときじくのこの〈み〉を捥ぐ

黄昏

森から走り出るとき狐は
微かな毛を雨に濡らした
暮れてゆく空の波止場で
静かに　雲が濡れるとき
画面に映し出される影が
金色にひらく
溝を跳び越えていったから

もう
狐は　隠れなくてもいいのだ
夢の形状のように炎えている
雨がそこにあらわれてくる日
赤い実が石の光を受けて
葦の近くで、水を打つ
斜めに構えるいまは
過ぎさった雨が明るみ
　不意に打たせる頃だ
谷あいの
子狐のいる方へ　親狐は、走る
少し遅れた顔で帰ってくるがいい
美しい霧雨のなかの人のように
母狐は
静かな支流を　走り抜ける

颪の遭遇

直立して痣の接線を銜えた夜
颪が吹く
しきりに　灰塵に音階を、通す
水の、翼を
躱し
墜落する
　湿原から、雪崩れる音がする

音だけが　ひゅうひゅうしてくる
精緻に組み上げられた此の町で
風が刺繍の裏側から火を熾す
薔薇が
咲く
語彙の
隣りの感覚が深刻になる
遭遇はかなしい私署だ

島の椿に

燃える場所からぬかり無く撮って静止画へ、
永遠が、重なる　今頃のように
（霧が霽れる）

微笑みが水に濡れて鮮やかになる　追憶が止
めどなくうねる、語彙を、鮮やかにするとそ

れらはいずれも忘れられない遠いしずかな質
量を、　濡れた手で包む
　周りの記憶を波の余白に
　埋めて、

　波の影が、霧の中から出るとき耀き、お
前は、近付かなかった
　のかと糺し、

　　　　なぜ
椿は力を溜めて、
一気に
　　断念す
　るのか

やわらかな波が、円筒状にうねる　島の椿が
岬へ辿る　細いほそい道へ　暗がりでぽとり
　堕ちた
　こんなに、
しずかに
堕ちているのだよ——

光は、詩を、直通している　いや、ぼくの詩
が、光の中を　（なぜこんなに絶海の波は
　うねるのか）色彩を放ち　影を開き、
岬へ

　千年の匿名の、石が
踏まれてあるのか

知覚は、揃い、毀れる、判定するおまえを制
　御
　　する

耳を　澄ますと傷口がそこへ、ひらく（もっ
と　妻に写されると薫りが生き、残響を制し
た　見覚えのある朱の烙印の道が細く明るみ
を伝い、ぼくたちは中へ　　ただ自由に、
　つづけた）

　　　　　　　振り切ってみると
ぽたり　、と白く浮かんで死は、一瞬止まる
（きっとそうであるべきだ、と花を収める）

匿名の、花の、石
緩やかに、咲く――
岬の髪飾りが、
軌道に沿っ
　て、散る

　闇の　窓がひらく時、
（止まったままで、　時を超える
　椿が、　）

光の中で崖の古疵の、　韻　をしずかに剪る
　　　、傾く海が見える

葛雨

同系の雨が、葛にふる
谷あいの木霊がくぐもる
竹で編んだすき間を拡げて
背のびする茎の音がする
葛を
ひらく風の
ゆれ場

編みあげて入れ替わる
死も
たしかに微かな息をする
水を編む
同系の
雨が　ひそかに降りこみ
葛に遭う　煙が、立ちあがる

濡れた　油膜のように煙る竹の傍で
誰かに出会えるような気がしている

野の向こう、駆け抜ける鹿

無謀な遷都の流星群が飛火野で全開になる
いま銀河の海があるなら海洋の島が流れ滚る
背後に　細い道のりを失くして立つ円らな瞳
　の鹿が、
　　　　　　垂直に、いっしんに駆ける
具象よりも輪郭を露わにする「時間」がある

若い〝骨〟の港　にこぼれ、た　少女の涙が
立ちあがるだろう　　　　だから　全裸の
　風に、「堕ち
　　　　　私は　梢の、硝子の胞子」
包摂する玉蜀黍畑で伴われていた袋の青い空
の微かな「やみ」のように銀泥に　滲むから、
私から繊毛を剃き少し離れたきみの棲処を写
そう
仕留めた一枚の獣性が限りない姿で紛れもな
い痕跡でそこに留まっていた頃の風の中ツ
　道を走る
截り金細工の風が　堕ちてゆく堕ちてゆく
血止め草の　色ガラスも、拭うと砂の舞う

情感が剝き出しになる　明るむ空間の鹿を
筋状に燃えあがらせる
言葉の中の、籠る感情
よりも速く
もっと野の向こう
春の夕陽は鮮やかに実写を大事に守ると動く
鮮やかに動かす秋へ夕波を映し出すと駆ける
そのとき、
蹴だしに染めてある木「鳥の囀り落ちた木」
の、素知らぬ息を真似る春日の杜の茂みで
喉の膨らむ光が、鹿の腹を通っていったのだ

空間の　鹿を燃えあがらせて言葉の中に籠る

感情よりも早く移して（あ、手が滑っている
臟腑は自ずから縫い合わされた風の幕《スクリーン》に鮮や
　かに映写されて、その熱視線を身籠る
空間を「旅芸人」が「玉蜀黍を
剝き　出しに、移して　いった」
音楽の中に燃えあがる一本の木
鹿の刻々寒い思いを夕焼けから
　また、言葉に映しだして
その時刻に踊った　私は、
（　私は、「故郷《クニ》」の眼の淵で泳いでいた
戦いでいる白髭のこちらまでが島影に揺れ
石を　手に載せる石が石の言葉を交わす

互いに　身体を寄せて滲むと繋がる映像を
拡げる　竜舌蘭の、記憶を高く　掲げよ！

呼び合う者たちのようにかさなる鹿があがる
もっと
野を踏んで直進する夕陽の鹿を懐かしく思う
石の、茨に、
石の、茨に、通じる道で酸性の空が明るむ

*

島よ、
鹿よ、
全景の、まほろばの
石の揺り籠の夕月に

星の浜

宇宙《ソラ》のあいだの連理・塵埃のあわいの疎密
解けて転回する）と発源する鉱滓だろうか
青い波動の、（渚に打　ちあげられた
難航の、（傷の痕跡が引き揚げられて
天辺・野辺で、焼かれた　魂を抱いた
沖の漁火が天空にかがやきもどる枝だ
「今夜はうす闇に青いきり雨が降る」

浸されて白い花のように川底は翡色
染めて／きらきら／して、開鑿する
誰もが、感じているから呼び戻せた
（精神の、老廃物が流星を剝離する
改編の、海岸通りに混ざった、心よ
（流星群が　反転してここまで流れ、
（青白い光を屍に放ち夜光虫は人型だ
（粗供養の、薄暮に、恋慕の夏の海の
（ライトを点すと薄青き闇と　銀河へ
虚像を連れ戻して、渚に震える銀の鏡
所所で月が、攫う（老いを塞ぐ抒情が
風に震えている
血の　夜光虫が青白く光を放ち供養の、
記憶の統覚が黄みどりに熟れて海原を
行く　立ち上がる草が鋼板上を流れる

岬にある家のように、黒ずんでいる
風に捲かれて動く影がうごいている
沸騰する流星の浜・渚に光る幻聴を
じっと抱く、沖の漁火がかがやく

*

岬

待機して　波がうねる夕星を撃つ
　黄色みを帯びて色はエクリュに
消されてゆく
窓の
ひかりが歪みの中をただうねる

星の岬の、木が揺れる

追憶

簡素な灯りが無音の闇を浸す　石の表面が光を受けてゆれる
平らな海は　うす黄緑に膨らんで白い裸体を、しずかに沈める
そのまま水の襞を通る　と、もう一度単調に奪われる下層から
波が浮く

残像を結んで、それらがきらきら黄昏の水面に映し出され、
　風に　煽られる　花が、僕の精神の上で浸された

痕跡が　かなしみの視力を辷る
波のうねりをまた通して家郷の
窓が、
傾く　波が言い当てて打ち寄せ
夕陽は、こんなに　赤く血の中に
　　　　少しずつ、沈んでいく
感じ取る時間のなかで輪郭を整えてきた
遠い　弧状の空間が反映する歳月を彩る

慄える悲しみに死の響きを追う波が波を
越える　追慕の、墓標を支え、翻る一瞬
風が　おののく手探りして
どこまでも到来してくる
　水は言葉を言い当てる

老いの日の情感が不意に立つ
間際に、　黄色く洩れる追憶の、
　　　　静かな波　が、　流れて行く

忘却の涯へ通路は抜けるたびに新しく
影が、
僕の、　精神の上　を渡っていった、　岩の
表面　が水底の光りを受けて、　ゆれ戻す
震え　る　風が曲がった　気づく宙の
波間に
　乳色の〝帯〟が、　波立ち、
　　無音の中を、
　　　しずかに流れはじめる

断層

懐かしく澄みきった秘儀の
地帯へ　試みるとさらに深く
波が来る
もうすぐ静かに暮れる人の手が
奥ゆきのない「闇の鏡面に写る」
絶え間なく
打つ

思い　出した　ように、探る
〈脳髄〉に混じる呼吸《いき》の断層
傾斜を静かに納め少し流れて
足を
止めても　、まだ遠く
沸騰する踝がみゆる

渚の〈駅〉

土と、崩れた　痣の葉が、こぼれ
磨りガラス、の向こうには　廃瓶と、
義足が
ブラインドの位置に、映っていた
二人が、　　労わりあった
　　　　あの「駅」だ

無音の
　映像が流れる「水中で
　きれいに　刃を研ぐ」
　夕陽がおちてくる
　濡れて、慄える…

しずかに木の尖端でぬれていく、ほとりの
波の切り通しを流れ、知覚する鳥は、虚空
　を圧倒して、　飛んだ、――

誰でもない、その、部材が炭化を告げる
一報の風景が言葉のなかに、入ってくる
不眠の　頃だ――　僕らは、慰めあって
生きて行くんだ、と　繰り返した記憶が

まだ残って、いるまだ残っているよ
零れて息を甘く吐く森に導かれ、る
直前に「海」が、
毅然と立ち上がってくるのだと思う

呼応して
去り、黄緑色に発出するから
その記憶の位置へ躰をあずけた
草の、燃える　前に立っている
額を　染めて夕陽がおちてくる
渚、は
誰が視つめたのか、呼び戻したのか

　　　　　　紫の、少年の尻が
　　万朶の、波をおどろかしていく
　　――、ハマユウの咲き誇る夏は、
身を／シャリシャリ　――、と、捩ら　れ、
記憶の位置へ――躰を傾ける、草が燃える

誰が、視つめたのか、
　呼び　戻しているのか
視つめ　られて／膚の、
水場の翳の、　渚の余映は
二人が、　労わりあった
　　　　あの「駅」

廃園

波の一人芝居が疼く
密かに潮騒の言葉に
力をこめると濡れて
渦を、刻む映像詩
……時、は
苛々と銀の水面へ
私を攫うようだ

拝跪する婦の、一篇を立てて　人型の果実を正面から破った
廃庭の夏に震える記憶の統覚が、黒い園の渚の樹脂を浸した

島風

静寂《しじま》の中で風に耳を当てると
石のなかを流れる水音は寂しい
石の島風

私に吹く
波動
中空に　（きらめきのぼる時の耀きに、

産まれる前のことが次々思い出される)
鶺鴒が
水を　叩いて、
一つになって
　帰る
慎み深く
溢れる、と朱の下を流れる
或る日は水の方へと渡す
落日の、
石の島風

無記の音

透きとおる滑らかな嘴の印象は
皮膜を脱いで伸ばせばのばすほど
偶然を装って水の呪詛を刺しこむ
付随するものを（拉致し去って）
締めつける距離が幅に応じた
羽のある波の動きに快癒する
最期の、透明な黄色い瀬の色

遠い霧に、機関音が紛れていた
鎮魂の鏡の中を何処までも沈む
水際で沈む鳥が青銅の魚影を啄む
貝殻の、容器　が、黄いろく濁り
八月の遠い記憶の奥へとひらいた
数行を消し去って暗く拭ったなら
ぼくらは
「呼吸音」を整えても良かった
変に明るく照らされた空の汀だ
きみは（　そんなにもぬれた後で、
両腕を拡げて見送っていたのだ
濡れた黙示に近く啄む傷痕は、
無記の声をよく覚えている

落日の声

立ち戻る宙の一本の木、石一つの星の黙示）
洋上に浮かぶ花が明るすぎるから薄皮を剝ぐ
何か、　に、溶けて　紫に窄む　胸が、潰れ　る
何千の、うねりが　恢復する春の血　の影の上で
「夢」と書いて、自虐的に折り合いをつけてみる

と　石の溜息が、聴こえる

風が、沖を通る

この生の、いじらしい、致命

　　　　　　　　　投げかける港の灯……

島よ
生きてきたものたちのかなしい足音が響いているかい
　　　　　　　　　　沖を風が通る

あざやかに、
突き進むのは
あの、少年の頃
の眼と同じ解体）

石を　何度も何度も砕く、
　　それを積み上げた
島に、

風が渡る
響きが、石の襞の　横隔膜を、ゆする
　　　　　　　　　波に濡れて、
　　　　　　　　　　揺れている
　　　　　　　　　　　かい

僕は覚えている、海が、向きを変えた時間）
想い出をひらく言葉が繰り越した魂の降納）
どこかへ
静かに、——「永遠」が、「死」を格納して

震えていた影）

僕の、胸のかなしい波が動く／大麦を焼く母の浜の港の、廃船の、黒
い骨に触れたら　あかあか捲かれる　反映に、さんざめく〝帯〟が／
夢の、沖から、流れていた

最期に滾る　血潮の落日　が、砕いた石の鑿痕に、　照り映える　頃
　だろう

燃えて……　残像が、　響きを増していたね

空が、　重く、重く
　　　心にしみ透って、
　　　　沖　を、
　　　　　風が通る

鳥が、
　　歌いはじめる――〝光の皿〟の上で、過去は、
　　未来の過去に飲み込まれ、しずかに戻ってくる
溜息が
加速し、団　欒に、燦めく波は、波の　影の上を
　　繰り返し、繰り返し、とめどなく、　動いた
　　（かなしい幸福《しあわせ》の、ひかりのなかを――、
陽は、　いつものように、その、石の影を、赤く　包んで
水
に
　　、弾かれる老いた少年は沖へ小さな胸をひらく
落日は、血の離落する敷石の海辺の村で、何かの雪辱、）を期して

今日も赤く石を赤く抱いている

耀く時には、　水が寂しくさんざめいた島だよ

風が、　震える、　沖から寄せて、　陽が、　通る
血潮の擬態が仕掛けるうす闇の　襞を　彫る
春、　萌え出る裸体は沈み
いつも新しく、　蘇るのだ
　宿命の、　静寂《しじま》が次第に
　　緑に、　濡れて……）

入江に注ぐ　水の、　韻《ひびき》が、　いま　老いた僕の
耳に　届く　風が、　石の　背後を、　流れる
血の、　陽に捲かれて気付く　と、　　　聳える
白い断崖、　が

赤く染まって
遥かな空の向こうに見える）

立ち戻る宙の一本の木、石一つの星の黙示）

祈りの、　声が、
低く聴こえる、

木が、　戦ぐ

／

落日は、　血の離落する敷石の海辺の村で何か
の雪辱、）を期して、
今日も赤く石を赤く抱いている

僕の心を押す祈りの声が小さく聴こえる

息

玻璃の息が、翳りに収まる
　網膜の、回路を　上昇する
倍音（雨、の髪　を解くと動く、――
なんでもないところへ　誰が、語るのか
語り出す
　石の声を、――見知らぬものの手へ

板垣憲司　いたがき・けんじ

一九四七年五月、高知県宿毛市沖の島町母島《もしま》に生まれる。新聞社を退職後、学生時代に情熱をそそいだ詩作を再開、二〇一五年、第53回現代詩手帖賞を受賞。

落日《らくじつ》の駅《えき》、水際《みずぎわ》で呼《よ》ぶ人

著者
板垣憲司《いたがきけんじ》
発行者
小田久郎
発行所
株式会社思潮社
〒一六二—〇八四二　東京都新宿区市谷砂土原町三—十五
電話〇三（三二六七）八一五三（営業）・八一四一（編集）
ＦＡＸ〇三（三二六七）八一四二
印刷所
創栄図書印刷株式会社
製本所
小高製本工業株式会社
発行日
二〇一六年十月二十五日